我从未相信过钟表的指针

潘洗尘 著

长江出版传媒
长江文艺出版社

潘洗尘近照

哀鸣

谁为知者

麦穗在镰刀下
蝴蝶花秋风中

如果听懂
我还得挣

如果听不懂
我还哀鸣

2019.09.27

这些年

潘洗尘

我在春天，用我心爱抖的手
写下雾，写下小雪

我在夏天，用我心爱抖的手
写下大雪，写下冬毛

我在秋天，用我心爱抖的手
写下小寒，小雪

冬天时，我又用我心爱抖的手
抹掉啊，写下寒冬小诗

潘洗尘手稿

自序:一些与诗有关的想法

1

我的大多数同行
一生都在不停地
用仅有的几块砖砌墙
然后拆掉再重砌
让我难过的是
累死的时候他们
正好拆完最后一堵墙

只留一地老砖头

2

也有个别的
我称之为写作型
虽然他们什么都留不下
但至少还享受了
自己的工作

3

就诗歌本身来说
在我眼里大抵只分两种
一种是已经写下来的
一种是还在口口相传的
但后一种在现代
早已绝迹

4

而好诗的境界
大抵有三重
一重是你能说出它的好
再好的你就说不出它的好
但最好的
你又能说出它的好

5

论诗的境界
也有两重
一种是能把你说懂的
另一种是把你说得更不懂的

6

最后　我要说说我见过的外行
小外行
大外行
真外行
至今还没有见过一个
假外行
虽然有时
羞涩的我
不得不在人前
装外行

目 录

我是一 001
我怕这是我正在做着的一个梦 002
活下去 003
可不可以带走一片云彩 004
大雪之夜 005
真想重新生一场大病 006
这些年 007
妈妈曾两次生下我 008
求生颂 010
写在一个叫"五年生存率"的游戏结束之后 013
五年 016
每一分钟都有人来到或离开这个世界 019
诗歌还能给我们带来多少温暖 020
错误的答案 024
致小华：大地上的异乡者 026
我的世界很小 028
现在说说我的写作理念或理想 029
遗嘱（一） 030
学习 033

我从未相信过钟表的指针　035
在恐惧中度过了半生　037
人之何时都性本善　040
没有什么真正是我自己的　041
多么彻底的冬天　042
一眼望不到边的冬天　043
不要再赞美秋天了　044
哀鸣　046
深情可以续命　047
希望他渡过厄难　049
说说鸟吧　050
请原谅　052
可以预见　053
极端的阅读　054
天再冷也冻不死天意　056
花园里那棵高大茂密的樱桃树　057
有没有这样一种诗歌　058
撑　059
一个人　060
路上方知身是客　061
一张欠条　063
那是什么时候的我呀　064
没有对错　066
有哪一个春天不是绝处逢生　067
写在母亲离去后的第七十五个深夜　069

生命如何延续 070
母亲的嘱托 071
一切都尽可以归零了 072
缺了一面的魔方 073
坐在垃圾桶上的父子 075
最后所见 077
惜—— 078
还给母亲 079
时间真的不够用啊! 080
最后的请求 081
恶性的一年 083
想想这一生 084
不愿醒来不愿从梦中醒来 085
无边 086
我的爱 087
输比赢更需要尊严和体面 088
是的就是此刻 089
写给一群羊 090
恐惧 091
深夜祈祷文 092
太阳升起时并不知道我的沮丧 094
黄昏的一生 096
写到无言 098
致女儿—— 099
发光的汉字 101

黑夜颂词	102
词与词	103
有关劳动	104
父亲的电话	105
辩护	106
父爱	108
肥料	109
我的微信生活	110
现在我只爱一些简单的事物	111
为一株盛开的三角梅	112
荒废	113
即便是跳楼 也要自己盖	115
"写于斯德哥尔摩"	116
已没有路了	117
我们	118
铁证	119
回家	120
秋天的冷	121
白头到老	122
词语的魅力	123
去年的窗前	124
形同虚设	125
雪的谬论	126
雪的虚伪	127
雪的残暴	128

幸福是一种子虚乌有　130

悲伤笼罩大地　131

小城之恋　132

熄灭　134

谁说成语不可以入诗　135

生日如何快乐　136

天问（九）　137

生活已足够悲苦　138

停，我先问问你这是为什么　139

我这大半生　140

世界　请再等等我　141

悲欣交集　142

老天绝不会再给你第二次机会　143

最后的好时光　145

月亮总不该有恨吧　146

身体纪律　148

六十感怀　149

在当下　150

致女儿（三）　151

致女儿（五）　152

致女儿（六）　154

致女儿（十二）　156

致女儿（十三）　157

致女儿（十六）　158

洱海上升起的那轮明月明天到达波士顿　161

所以最怕你们长大　163
在大理　165
读旧照片·此世苟难全　168
理想　171
老年写作　173
不同　174
车过海安　175
重叠　177
患得患失与悲从中来　178
不安　179
父亲的手艺　180
乡村婚姻状况调查　182
失传的手艺　184
日子怕算　186
熏陶　187
最后的赞美诗　189
牵着一只阿拉斯加回故乡　190
不舍　192
幸好我还是个诗人　193
问好高兴　194
我该去种土豆　195
不再眺望　196
陪伴　197
忘我　198
我是注定成不了大诗人的　200

最幸福的烟民　202
我们早晚有一天都会悄无声息地归于尘土　204
化整为零的余生　206
一生中总会有那么一个或几个人　208
我自治抑郁和失眠的中医药方　209
父亲的彩礼　211
我只是想重新选择语言　212
插秧日　214
那一年　216
这一年　218
清明　219
至暗时刻　220
口罩　221
天再冷也冻不死天意　222
一生　223

潘洗尘创作年表　225

我是一

我是一
一目了然也一望无际
我是平原上拒绝潮涨潮落的河流
一根草都可以把我刺破
但我也是一把只有剑头
没有剑柄的利剑
只为了必要的时候
不惜和所有的阻拦同归于尽

我是一
任人踩的时候我就是一条地平线
让你够不到的时候我就是你的天际线
从绝望到绝望
是结局也是开始

我怕这是我正在做着的一个梦

就在我醒来的一分钟前
我梦见自己睁开眼睛
看到穿着她一直喜欢的
绿色绒线衣的母亲
从沙发上起身说
儿子:你醒了
我说妈,快让我抱抱你
我怕这是我正在做着的
一个梦

活下去

当年　一个绝症患者
坚定地说
活下去!
看看到底谁活得更长

一个人在那样的时候
说这样的话
如果不是出于对生活的热爱
那可以想象　他的心里
究竟有多少不甘
又有多少委屈

一晃就是五年过去
站在第六年的门槛上
他仿佛一下子不再那么坚定了
只是默默地跟自己说
……活下去

可不可以带走一片云彩

生活多么美好
仿佛看不见波谲云诡
更看不见暗流涌动

这是我曾想埋骨的地方
在艳阳下
在樱桃树下

也许若干年后
想起你山水间的风云际会
和我内心的云淡风轻
我依然会热泪盈眶

但我也许只属于北方
那个寒风刺骨白雪皑皑的小村
它是那么的辽阔
辽阔得可以容得下
一粒微尘

大雪之夜

这世界真的是太冷了
太冷了

我在想　是不是以后
也要写一些
温暖的诗

真想重新生一场大病

为了告诉这个世界我的绝望
真想重新生一场大病
然后在春天到来之前
顶着满头的大雪死去

只有死过一回的人
才不会再怕一语成谶
在你还不知道大难临头的时候
我已经大闹过人生一场了
只是还不确定
自己还有没有气力再闹一次?
如果老天给我的恐惧还不够
那就让所有狰狞的黑云
都压向我心头
直到我一世的清名　一身的豪气
全破灭　碎成一地

感谢那些忽明忽暗的磷火
是它们成就了我的世界观

这些年

我在春天用瑟瑟发抖的手
写下立冬　写下小雪

我在夏天用瑟瑟发抖的手
写下大雪　写下冬至

我在秋天用瑟瑟发抖的手
写下小寒　写下大寒

冬天来了　我又用瑟瑟发抖的手
捂着胸口写下寒冷的诗

妈妈曾两次生下我

1963 年 10 月 27 日
17 岁的妈妈
生下我

2016 年的春天
妈妈病了
同一年的秋天
我生了
比妈妈更重的病

转过年
妈妈就走了
而我　却奇迹般地痊愈了

直到今天
当我想起妈妈临走前
我在 ICU 握着她
早已毫无知觉的手时
看到她眼角突然滚落的
大颗大颗的泪滴
我才突然明白

那是妈妈此生为自己的儿子
做完最后一件事后的
不舍和欣喜
——她用自己的离世
　　在我和死亡之间
　　挖出了一条
　　长长的隔离渠

那是 2017 年的 8 月 3 日
妈妈再次
重生了我

求生颂

再有 42 天
就到了对于你们来说
最普通不过的一个日子
但 2021 年的 9 月 12 日
是我整整躲了 5 年
也盼了 5 年的日子

今天在从沙溪回来的路上
我小心翼翼地打开
当年一个同病区病友的微信
(这些年其实我天天都盼着他更新朋友圈)
见其设置为朋友圈仅三天可见
便小心翼翼地发去一声问候：
你还好吗？
随即又觉得哪里不妥
马上又追了一句：你都好吧！

这是有生以来
几乎唯一一个与我共同使用
"同病相怜"这个词的
词意本身的朋友

我知道他当年的病比我要重很多
但当我在 4 年零 323 天后的今天
听他亲口告诉我
在我出院三个月后的两年时间里
他又分别在上海的另外两家医院
先后做了两次肝移植手术
尤其当他轻描淡写地说道
三次手术都开在同一个刀口处时
我还是忍不住
流
下
了
热泪

想想这些年他所遭受的苦难
和自己同一时间段里对身体资源
更变本加厉的肆意和挥霍
仿佛就是欠了他什么

我究竟欠了他什么
对自我生命的敬畏？
对伟大求生欲的敬畏？
反正，至少我欠了他
今天的这首诗

不,这还远远不够

42 天后

无论我面对的是一份怎样的

五年期复查报告

我都要再写一首

——致敬生命之诗

——致敬求生之诗

而且我还要在那首诗里用光自己

一生所学的

所有大词

写在一个叫"五年生存率"的游戏结束之后

科学家说宇宙已经有
一百多亿年的历史
地球则存在了四十多亿年
而人类的出现
也是两百多万年前的事儿
而我只相信万能的造物主
相信我们和宇宙万物共同走过的
这六千年

如果可能　我希望那六千年
跟我都没有任何关系
我唯独只要今时今日
只要
这一天

对于你们来说
这绝对是再平常不过的一天
甚至是可有可无的一天
但为了这一天
我却整整苦熬了
——五年

五个三百六十五个日日夜夜
我吃饭睡觉都像是在
生与死的门槛上踱步
为了打败癌中之王
我　一个深度的幽闭恐惧症患者
要不停地一次次把自己送进
那个叫核磁共振仪的活棺材
而且　还要在不断变幻的
刺耳的噪音声中
反复地屏住呼吸
是的　每天都有那么多人死去
但我还是要在这一天
以重生的名义
为每一个个体的
伟大求生欲
礼赞

哪怕他是一个
即将被执行死刑的囚犯

活下去
尤其是那些无辜者
你只有活下去
才能熬过黎明前的黑暗

也只有活下去
才能听到于无声处

最后　我还要感谢五年来
那些时刻为我祈祷和加持的人
在此我无法一一列完
也不想列出
你们的名字
因为在我还没写下这个句子之前
就看见有一双双邪恶的眼睛
正盯着我的键盘

五 年

五年前的今天　凌晨三点
电话里传来一个老友
生离死别式的号啕大哭
那时的我已能平静地面对
已经发生和即将发生的一切
所以我只能用略显疲惫的声音
隔空拍着他的肩膀说
兄弟，没事！

4个小时后
医生来到病房　开始
往我的血肉之躯上插各种管子
又过了半个小时
我在亲人和朋友的长久注视下
通过一个长长的走廊
被推进了手术室

那个走廊实在是太长了
好像比我此前走过的53年还要漫长
而在冰冷的手术室里独自等待
手术医生到来的那一个小时

更是仿佛时间已经消失了一样

有关我前世最后的记忆
是一个语速缓慢而又温和的麻醉师
来给我的颈动脉插管
并告诉我这是一旦手术出现大出血
用来紧急大量输血救命的
然后　他用一个面罩扣在我的脸上
告诉我　没事
给你吸点氧

四个小时后　我在被推出
手术室的门口时
恰到好处地醒来
那一刻我知道
自己已经重生
幸运的是　经手术医生临床判断
我还是一个早期的癌症患者
也就是说　我有35%的概率
度过五年生存期

尽管早在42天前
我的主治医师就从上海打来电话
提前祝贺我告别了那个"怪物"
但我此刻依然还要煎熬

大约 10 个小时
等待那张上天对我的
从死刑到无期
再到"刑满释放"的
生命判决书

每一分钟都有人来到或离开这个世界

每一分钟都有人来到或
离开这个世界

我们这些行尸走肉
已经没有再来一次的机会
唯有离开
或早
或迟

所以我们每一个都活在痛苦中的
人啊
能够为自己或他人祈祷的
也许只有两件事——
走时能够安详
走后可以安息

诗歌还能给我们带来多少温暖

前几天收到远在内蒙古的老友
侯马的微信
说让儿子瑠歌来大理看我
这也是他一直的心愿
他其实也特别希望
我能去内蒙古走走
却顾念我的身体
和舟车劳顿

闲谈中还谈起前不久
他读到小女写大理的文章
他连用了四个词
不禁垂泪
心地纯真
才华出众
一片爱心

虽然当时我们没有
谈到一句诗歌
但字字句句
都让我感到温暖

昨晚果然收到瑠歌留言
说月底要来大理
在我们眼里
瑠歌还是个孩子
但他早已是一个远比
我和他爸爸在他这个年龄
不知优秀多少倍的诗人
我们聊了一会儿
依然没有谈到一句诗歌
我只是默默地享受着
那份友情的温暖

我常说在我们诗歌的传统里
其实只有三样东西
山水、友情、家国情怀
其实这也是我们这一代诗人
写作的根茎
尤其对我来说
诗歌不仅是一个苦难的出口
更是一种见证友情
并自我温暖的方式

而在我眼里
诗歌就是今天

当我在风雨中摔了一个跟头
占春、树才、娜夜分别从
开封、北京和重庆打来的电话
诗歌就是
2016年9月12日在上海
站在手术室门外焦急等待的
蓝蓝、莫非、路也、树才……
是我手术后
伊沙在《新诗典》里说的
"老潘,为诗你也要挺住
与命运死磕!"
是浩波那一年在毛焰和韩东的展览中
当众开的一个玩笑
大意是看老潘现在的气色和状态
也许N多年后我们才会恍然大悟
原来老潘是一个
一直装病的骗子

写完上面这一行的时候
我看了看手机屏幕上的时钟
4点55分——
这是黎明前最黑暗也
最寒冷的时刻
但我的内心
却始终充溢着

从事写作四十年来
诗歌带给我的温暖
而且我也知道
诗歌还会不断带着它的光明
温暖并照耀我们今后的
每一个日子
直到我们残年的风烛
缓缓熄灭

它们点点滴滴
它们大江大河

错误的答案

就我个人而言
从不悔之年到而立之年
再到不惑之年
甚至到了知天命之年
依然认为自己的朋友很多

直到死过一次之后
才知道太多过往的人生命题
自己给出的
都是错误的答案

作为一辆稍快一点
就可能散架的
破旧的老爷车
现在唯一能做的
也只剩下
时刻保护好它的
刹车挡了

不后退
但必须慢

要飞流直下的慢
真理都是简单的
一切花哨的东西里面
都不可能深藏任何真谛
花哨的爱
花哨的恨
也包括那些花哨的文字

"时间来不及了
我不能再做比喻"

致小华:大地上的异乡者

没有什么是我们的
这房屋
这嘴巴
只有大地慈悲
它盛产充饥的果子
也容纳有毒的花朵
但大地也不是我们的
我们只是一些
暂寄者

而你。是上帝派来的
一个圣徒
只带着随时准备点燃的
瘦弱的身躯
于是在黑暗的裂缝中
在广大的沉默者的背后
总会听到一两声惊呼

光来了!

火来了!

这

已经足够

我的世界很小

我的世界很小
小时候小到一个村子
长大后大到一家企业
45 岁以后
我的世界又逐渐缩小
小到大西南一个居民小区里的
一栋房子

后来女儿大了
我的世界又多了一个
地中海上我一无所知的小岛
从今天开始
我的世界又随女儿
跨过了另一个大洋
多了一个更加一无所知的
叫波士顿的地方

现在说说我的写作理念或理想

深夜明政发来语音
说读你的诗
感觉就像是你从自己的身上
抽出一条肋骨
磨成针再蘸着无名指的血
写出来的
这些诗
如果烧成灰
死去的亲人都会看到

其实老友只说对了一半
他说的不是我的诗
只是替我说出了
我的写作理念
或理想

而我也仅仅只是想把
自己的骨头和血肉
再还给亲人

遗嘱（一）

这个人没有嫡亲子嗣
却留下三个随时准备用生命
捍卫的儿女
他此生最大的遗憾
可能就是因为过早死于疾病
而不能继续为儿女遮风挡雨
或像一个战士那样
横尸沙场

他把一生所编所著
都留给了母校
也就是留在了他人生
真正出发的地方
他的所编
即便不是最好
也是一个时代的见证
至于所著
更多关乎家国情怀
与个人命运
虽然有些流传甚广
但他只希望这些东西

留给朋友们缅怀

说到朋友
看上去他几十年走南闯北
友情遍布江湖
但其实刻在他心上的友人
也只有个位数而已
写到这里
几乎就想一一脱口说出
他们的名字
但他还是打住了
心心相知的朋友
此刻自会心有感应
他也曾不止一次说过
生前被什么人喜欢
没有比死后被什么人怀念重要
所以他也曾开过一个玩笑
死前会开列一个名单
哪些人能够怀念
哪些人绝不可以
这实际上也是一种心理疾病
虽然他自认为是精神洁癖

他生在东北
但酷爱西南

这可能是因为他一直

喜欢与植物为伴的缘故

中国一共有三万多种植物

其中有半数在他最后定居的云南

他的庭院里

光高大的乔木

就有二三十棵

其中有一棵他曾多次

在诗中写到的

现在已超过十五米高的樱桃树

生前患有严重幽闭恐惧症的他

在此恳求亲人

在他死后能把他的骨灰

像落叶一样撒在

这棵樱桃树的根部

学　习

每天　和植物们在一起
虽然会变得更自卑
但也懂得了修辞里的
玉树临风和貌美如花
说到底
还是在赞美树和花的本身

不管还有多少余生
我都愿意谦卑地跟着她们
学习她们永远
按着约定的时间来去
宁静　淡定　友善
总是从容不迫
波澜不惊

其实　植物的自重
还体现在她们的名字上
你听：
曼珠沙华　地涌金莲　凤梨百合
蝴蝶兰　扁竹兰　紫罗兰
秋海棠　晚香玉　虞美人

虽然她们的名字也是先人们取的
但她们绝不会像现在的人类那样
随随便便就给自己
贴上一个标签：
张平　王平　李平　赵平
张玲　王玲　李玲　赵玲

自卑吗
但我已习惯了每天在这种
自卑与羞愧中穿行
一位专门研究人类
数学哲学精神哲学和语言哲学的
犹太哲学家维特根斯坦
他在东方的一个挂名弟子
曾说过
他之所以总是远离人群
每天只和植物打交道
就是怕自己
变得越来越蠢

我从未相信过钟表的指针

谁愿意人吃人
但这样的事情过去
不是没有发生过

极端的灾难能催生
人心中的善
但也会催生
人性中的恶
我多希望凡我族类
尽为前者
抑或前者更多

但现在还不是
一盘棋终局的时候
不论你执黑执白
先手还是后手
也不管是一目还是半目
即便是到了
读秒的时刻

所以现在你说什么

我都不会相信
就连我此刻写下的这些
我自己都不能
彻底相信

这就像我从未
相信过钟表的指针
我只相信
时间本身

在恐惧中度过了半生

年少时恐贫穷　恐饥饿
虽然那是每时每刻
都要面对的
长大了恐高　恐水
所以不敢坐飞机
不敢游泳
每次车行盘山公路
手心都会出汗
后来又恐寒冷　恐闷热
恐阴雨　恐暴风雪
所以要离开东北
但不敢去江南
就只能来大理

离开家乡后
恐家里人的电话
总是担心传来
什么不好的消息
而不论面对友情或爱情
就更是恐虚伪
恐背叛

多媒体时代
每天打开手机和朋友圈
恐油腔滑调的文字
总之作为一个诗人
最怕的就是眼下
语言的堕落
和腐败

而自从生病之后
恐失眠恐到
大把大把的安眠药吃下
仍辗转反侧
恐惧死亡
也恐惧
定期必去的
——医院

就是这样
就是这样
虽然偶尔也会觉得
春风得意
但年年岁岁
日日夜夜
分分秒秒

其实自己是在
恐惧中

度过了半生

人之何时都性本善

每当有人离去
朋友圈就会满屏哀声

有很多次
我都想诈死一次
然后躲在屏幕背后
为从前那些素昧平生的
或鄙视我的
轻视我的
漠视我的
甚至对我心怀敌意的
都把干和戈
魔术一样
变成了玉和帛
而涕泪横流

但我一直不敢也
不能这样做
因为我更会怕
真的朋友们
伤心欲绝

没有什么真正是我自己的

没有什么
真正是我自己的

我写的那些诗
是命运恩赐的

就连那些
肯接受我爱的
人和事物
也是来成全我的

多么彻底的冬天

即便是炉火正旺
这世界的温暖也是有限的
尤其是当我弯腰添柴时
随时揣在兜里的药盒
还不时地发出
哗啦哗啦的声响

多么彻底的冬天
一想到最寒冷的日子
远比书桌上的台历
厚得多也扯不尽
而深患抑郁症和绝症的人们
究竟要怀着一颗
怎样燃烧的心
要有多么大的勇气
才能从如此彻骨的寒冷中
找出一丝一毫的
温暖和诗意

一眼望不到边的冬天

从春天我就开始储备柴火
像老鼠一样
为冬天做着各种打算

谁知这个唇亡齿寒的冬天
来得太早
冷意也不是一股股的
它直接汹涌到你的骨头
和心肺

我只有不断地往炉膛里
加柴。加柴
以万不得已也要把自己
填进去的绝望和信心
——只为我的孩子们
能熬过这个
一眼望不到边的冬天

不要再赞美秋天了

不知说过多少遍了
不要再赞美秋天

对于一切赞美的理由
我也替你们
想过很多遍了
从动词的收割
到名词的收获

但你怎么就忘了
那么简单的逻辑
镰刀越锋利
越接近魔鬼
你们就收吧
割吧
收获吧
此刻你们制造的
那些大片大片的
死亡
不论是已经饱满的
还是未来得及成熟的

都睁着
大片大片的
眼睛

哀 鸣

麦穗在镰刀下
蝉翼在秋风中

如果听懂了
就是得救

如果听不懂
就是哀鸣

深情可以续命

爱你所爱的事物
爱你所爱的人
深情炙热
能毫无保留最好

这世间只有对爱
是公平的
你爱什么
这世界就给你什么
你爱多少
这世界就给你多少
甚至更多

比如我
此刻还能活在
这纷乱的人世
你可以说
这只是一次
非典型的大难不死
只有我知道
正是我此前给出的

每一滴水
如今都汇成了
江江江江
河河河河
湖湖湖湖
海海海海

深情可以续命
至少
是深情续了
我的命

希望他渡过厄难

十几年前
一个手下的员工
骗走了几十万后
杳无音信

这些年
我无数次路过
他的家乡
都没有试图去找他

其实我心里还是一直希望
他能来找我
如果他来还钱
我就知道
他已渡过了生活的厄难
如果他只是来说声对不起
那也说明他至少渡过了
心理的厄难

说说鸟吧

"时间来不及了
我不能再做比喻"

何况在真理面前
修辞往往带有
太多的局限
比如一只鸟的鸣叫
纯属天籁
歌唱这个词
此处就应该禁用
人类怎么可能发出
那么动听的声音

而我一个人间庸俗的
恐高症患者
就算再渴望飞翔
也只能在向肉体
诀别的时候
才可以回到
自己的灵魂——

那只脊背上长满了
红蓝相间羽毛的
鸟儿

请原谅

如果词语
始终不能唤醒你们

请原谅
我要抒情了

可以预见

多么漫长的冬天
寒冷一脸狞笑
看我们可以不费
一兵一卒
一枪一弹

但越冬的人
早已在内心
点起了炉火

这灼烧
这翻腾
这愤怒

可以预见
请原谅一个
如此主观的词语吧
因为春风未起
我已认出了
那些灰烬

极端的阅读

自从装了壁炉之后
家里烧得最多的
不是柴
是诗

比如自己的
《燃烧的肝胆》

在我看来
这才是一种
极端的阅读方式
好的诗歌
不仅可以让火焰更高
散发的热量
也会更强

所以每天清理炉膛
我都会先把自己的手
洗得干干净净
然后开始在那一堆
灰烬中

翻检好诗留下的
舍利子

天再冷也冻不死天意

天再冷
也冻不死天意

这是我撂给今年的话
明年我还会这么说

即便有一天
我也被冻死了
再也说不出口

那也是——
天意

花园里那棵高大茂密的樱桃树

花园里那棵高大茂密的樱桃树
就要把枝头从窗口探到床头了

回家的第一个晚上睡得并不好
但看着枝叶间跳来跳去的鸟
我还是涌起阵阵欣喜

如果有一天能变成它们当中的一只
该有多好啊

我还可以继续在家中的花园飞绕
朋友们还可以时不时地来树荫下坐坐

想到此我好像真的就听到树才或占春
手指树梢说了一句你们看
洗尘就在那儿呢

有没有这样一种诗歌

有没有这样一种人生
不劳也不获

有没有这样一种生活
水自流云自飘

有没有这样的一种诗歌
写作的成本

可以不这么高

撑

这些年
也包括那些年
人生就像一把
随时撑着的伞

现在必须要撑起的
还有这条命

一个人

一个人坐火车
一个人吃饭
一个人编刊物
一个人办诗歌节

一个人在
去往天堂的路上
还有许多未竟的事儿
所以一个人睡觉前
要把救命的药瓶打开
放在床头

路上方知身是客

友人问今天去哪儿
答曰回大理
话一出口
便觉得哪儿有不妥

火车上我反复思忖
究竟是什么
让我一直如鲠在喉
最后终于发现
自己是被卡在了
一个"回"字上

我们的家园到底在哪儿
到底哪儿才是我们的故乡
此刻就算远在4800公里之外
我出生的那个小村子
我还有资格称其为故乡吗
我们还有可以称其为回的
家园吗

走了大半生

才发现始终是在走一条

永远有去无回的路

而终其一生我们呵

也许就只是在做两件事

客居他乡和

客死异乡

一张欠条

欠山的欠水的
尤其欠这大地的
更欠这大地上
那些非亲非故的
粮食的

所以死后不要烧了我
请把我当成欠条
埋在泥土里
这辈子还不完的
让我来世接着还

那是什么时候的我呀

那是什么时候的我,还能
枕着稻田里厚厚的蛙鸣
醒来睡去睡去又醒来
如今窗前的禾苗还在
不停地长
却只有五千亩的寂静
空荡荡寂静
空荡荡

那又是什么时候什么时候的
我呀还能背着女儿
跟院子里的蚂蚱和狗儿
跑来跑去跑来又跑去
如今燕子的翅膀已被女儿
借走了
唯留一排屋檐
空荡荡屋檐
空荡荡

那到底是什么时候
什么时候的我呀还能和母亲

一起坐在家门口
如今只剩我的一颗心
化作孤零零的稻草人
守着母亲的墓地
空荡荡墓地
空荡荡

没有对错

做过很多错事
不能忘但也不想说了

但有两件
是做对的

23 岁辞去公职
44 岁再辞私职
尽管那时
我对地球离开谁都会转的
这句话
还不甚了了

但现在
似乎只剩下一件事了
等那么一天
再向生命请辞
没有对错

有哪一个春天不是绝处逢生

酝酿了几个季节的雪
终于下了
雪　覆盖了我的母亲
以及整个
广大的北方

此刻　即便是置身另一个
看似阳光明媚的国度
远隔 50 度的温差
我也能感受到
来势汹汹的
彻骨寒意

只有懒惰的人
这时才会说
冬天已经到了
春天还会远吗

但寒冬是自己离开的吗？

谁能告诉我

有哪一个春天
没经历过生与死的搏斗
有哪一个春天
不是绝处逢生！

写在母亲离去后的第七十五个深夜

清晨洒进窗口的阳光
傍晚不肯离去的云
深夜散步时头顶的星空
睡熟后床头一直亮着的灯

甚至每次我从梦中醒来
脸上都还留着母亲
手上的余温

我知道母亲来看我的路
有千条万条
而我再次见到母亲的路
就只剩下一条

生命如何延续

这些年我拼命地种树
想若干年后
让它们替我活着
因此我总是选那些
习性与我相近的品种
但我忽略了自然界的任何物种
包括人类的基因突变
随时都可能发生

于是我只有写诗
并且只写那些
与自己的生命
血脉相连的诗

我时刻提醒自己
要尽可能地使用
最有限的字与词
以期此刻不再过度消耗
自己的气力
将来也不至于过多浪费
他人的生命

母亲的嘱托

父亲从现在开始
你必须接受
我一个人的
两份爱

还有一份
是我们痛不欲生时
母亲让我
转给你的

一切都尽可以归零了

一些小积蓄
算不上什么财富
一点小名气
更不敢奢谈名望
去年被医生宣判
得了不治之症
原本的这些身外之物
也还都留在心中

但母亲走了
一场痛彻的灵魂浩劫
让一个从此来路不明的人
终于明白
一切
都尽可以归零了

缺了一面的魔方

这段日子
父亲经常一个人
呆坐在房间里
摆弄魔方

这双习惯了拔掉稗子的手
在这个小小的魔方面前
缓慢而吃力
我能想象得出
父亲到底要拼出什么

窗外的公路上
永远是赴死一样急匆匆的车流
再远处是县城的灯火
往昔父亲对这斑斓的世界
一直以沉默相待
现在他要通过这个小小的魔方
把内心的哀伤与无措
都拼回到一种最简单的色彩
那是他和母亲共同走过的
五十六年的风风雨雨

可是我的父亲
这只记忆的魔方
它的六面　就像我们的家
一对父母和四个儿女
虽然母亲走后
往日里各自奔忙的孩子
都一起陪在父亲的身边
但我们心中的魔方
毕竟已经缺了一面

坐在垃圾桶上的父子

父亲从身下抽出一块硬纸板
说:你也坐会吧

这是和北方的午后一样
宽阔的马路
从前我习惯了从马路对面的家里
看窗前的稻田
今天还是第一次随父亲一起
端坐在相反的方向看家——
仿佛母亲一会儿就会从
院子里走出来

一辆辆大客车小轿车卡车摩托车
从眼前湍急地驶过
它们都像是从昨天开来的
它们并不知道
也不在意
垃圾箱上这对父子的心中
那再也不会随季节变换的
广大的哀伤

再过不了几天身后的这片水稻
就该泛黄了
那时这对心如刀割的父子
也许不会坐在这里
此刻他们更像是在等待黄昏
等待那辆收垃圾的叉车

最后所见

弟弟妹妹们告诉我
母亲走时　神态安详
嘴角带着微微的笑容

而我的最后所见
却是在重症监护室　当我说
"妈,有我在你不要害怕"时
当时已没有意识的母亲
眼角涌出的那滴
慈母泪

惜——

我用大半生的时间
换了不到 300 首诗
她们大多都与土地、时间
以及生命有关

如果你能从这一堆词语中
读出一个字——惜
我这大半生啊
就没白写

还给母亲

我的身体是 50 年前
母亲给的

现在即便是它
被疼痛和哀伤碾碎
也顶多是
还给母亲了

时间真的不够用啊！

修炼了半生
我也只能在读诗的时候
在绿茵场边
心底通透　目光清澈

而在许多事物面前
我都只能是一个
贼眉鼠眼的人

最后的请求

如果说这一生
还有什么怕的事
不是死
而是透不过气

所以我请求
死后不要埋我于地下
不论黑土或红土
更不要装我于任何盒子中

算了
我清楚请求也没个鸟用
还是有朝一日
让我一个人坐毙于苍山
或小兴安岭的深处

一个人化作肥料的过程
你无须知道
但终有一天
你会看见远处有一株马缨花
特立独行

或一棵白桦树
挺着铮铮傲骨

恶性的一年

X光下
这真是恶性的一年

绝症开始缠身
往昔仅有的
可以做一点点事儿的自由
也丧失了

好在这一年
并不乏善可陈的记忆
还有很多
比如茶花落了
紫荆才开
抽了四十年的烟
说戒就戒了
从不沾辣的女儿
开始吃毛血旺
和水煮鱼

想想这一生

想想这一生
有不满不如意
但没有恨也没恨过

唯有爱
那些沉默的
疯狂的
狠狠的
不要命的爱

如今
都变成了诗

不愿醒来不愿从梦中醒来

现在我最不愿做的事
就是醒来
尤其是从梦中醒来
——哪怕是噩梦

即便是在噩梦里
我也是健康的

无 边

我曾一个人
无尽地享受
这无边的暗夜

但那时我并不相信
有一天
这暗夜
会真的无边

我的爱

我的香烟
我的足球
我的诗歌
我的爱人
从前我的爱
桩桩件件都大过生命

现在请允许我后退半步
多爱一点
自己残存的生命

以积蓄微弱的能量
继续爱

输比赢更需要尊严和体面

一群要命的细胞
拦住了去路

它们躲在阴暗的角落
蓄谋已久

我知道自己最终
打不赢这一仗
但也绝不会让它们
像在别处一样
赢得那么容易

毕竟输比赢更需要尊严
和体面

是的就是此刻

是的就是此刻
这黑暗即是永夜
我的内心已将黎明
删得干干净净

但我依然要为亲人的黎明和
朋友的黎明到来欢呼
这一生能见过的都是亲人
还没见过的是朋友
当然还有你深夜为我抄经的人
是的就是此刻你一定要记住
不论这世界怎样待我
我都会以善敬之
这是我一生唯一做对的事
希望你把它继续做下去

是的就是此刻

写给一群羊

跟你们走在一起多么好
一想到你们的名字
时间也变得吉祥

羡慕你们散步时的神态心情
不失眠也从不吃药
我后悔那么早就离开了你们
任由岁月把一个曾经顽皮的童
洗劫一空变成沉默寡言的叟

恐　惧

像一只独自亢奋的蝙蝠
在火中飞舞我一次次地试验
抽走这些药片
我看见自己的意志
始终在黑夜与白昼的屋檐上穿行
而身体像一部就要散架的战车
敢不敢再坚持一分钟!

而一分钟后我将看见什么
自己的碎片?

深夜祈祷文

深夜里的这个瞬间
让我再一次抵达了一天中
最明媚的时刻
为什么人或什么事
我刚刚放声痛哭过
感谢这深深的夜
把自由、天意和福祉
带给一个内心灰暗而
深情的人

我不会为在明天的阳光或
暴雨中再遇到什么人或
什么样的命运而
浪费一分一秒
此刻我每多写下一个字
这宝贵的黑夜都可能被
黎明删除
我要深深地深深地闭上
什么也看不见的眼睛
哪怕用废自己的身心
也要为每一个善良或

不善良的人
再做一次
祈祷：

我看见了妈妈肺部的肿瘤
正渐渐缩小

这是什么样的恩泽啊我将
用刀刻在心上
为此我祈求上天：
也迟一点给那些坏人报应吧
我这带病之身愿意死上千次万次
也要帮他们在遭报应前
一个个都变好

太阳升起时并不知道我的沮丧

天亮了
树看见了落叶
风看到了尘土
一些人去打卡
一些人去乞讨
一些人盯着另一些人
在看

剧本是重复的
我面带菜色忧心忡忡
看上去像个坏人
光天化日下的舞台
不适合我
我去睡了

太阳下山时我将醒来
你们没来得及带走的道具
会被夜色淹没
患有被迫害恐惧症的
植物和动物
正和我一起做深呼吸

我听清了它们的交谈
但并不想转述给人类

黑夜如此静谧而庄重
好事的风在收集善良的呼吸
或邪恶的鼾声
我只是负责把它们各归其档
这看上去是一项毫无意义的工作
我却乐此不疲

不知不觉中
天又亮了
太阳升起时
并不知道我的沮丧

黄昏的一生

黄昏来时
远处的风很大
院子里被吹落的杏花
在兴奋地散步
偶尔有车从门前经过
越来越亮的尾灯
渐渐淹没了扬尘

黄昏的脚步
走得很慢
像一个了无牵挂的
绝症病人
它要把自己
一步一步地挪进
更黑的黑暗

一定有很多人
都看见了这个黄昏
但只有我
看清了它的一生
并能在另一个黄昏到来前

说出它
心中的遗憾

写到无言

北岛之后
似乎已经无法把诗
写得更短了

我曾遍寻
汉字的偏旁
想写出一首
半字诗

原本的一次
走火入魔
却让我有了
惊人的发现

在一切美好的标题下
最短的诗
不是一个字
而是
根本没有字

致女儿——

从 8 岁到 13 岁
你把一个原本我
并不留恋的世界
那么清晰而美好地
镶嵌进我的
眼镜框里

尽管过往的镜片上
仍有胆汁留下的碱渍
但你轻轻地一张口
就替这个世界还清了
所有对我的
欠账

从此我的内心有了笑容
那从钢铁上长出的青草
软软的暖暖的
此刻我正在熟睡的孩子啊
你听到了吗

自从遇见你

我竟然忘了
这个世界上
还有别的——
亲人

发光的汉字

我习惯
在黑夜里写诗
所以只使用那些
可以发光的

汉字

黑夜颂词

这无边的暗夜
遮蔽了太阳底下
所有不真实的色彩
连虚伪也
睡着了

这是我一直爱着的黑夜
我在此劳作与思念
拼命地吸烟却
不影响或危及任何人
我闭上眼睛
就能像摸到自己的肋骨一样
一节一节地数清
我和这个世界之间
所有的账目

寂静的齿咬之后
天已破晓
我会再一次对这个世界
说出我内心的感谢
然后不踏实地
睡去

词与词

整整一天
被两个词反复折磨

山重水复
已走了半生
还从未遭遇
柳暗花明
难道真的是要走到
山穷水尽
才能绝处逢生

看来要让一个词
对另一个词以身相许
远没人来得那么容易

有关劳动

打小就受村里人影响
认为只有犁地、放羊、赶车、施肥
才是劳动

知识分子不管干什么
都与劳动无关
写诗就更不是

所以在我们乡下
你就算写出一个诺贝尔奖来
也还是一个懒汉

父亲的电话

我离家四十年
父亲只打过一次电话
那天我在丽江
电话突然响了
"是洗尘吗？我没事了！"
还没等我反应过来
父亲就挂断了

这一天
是 2008 年的 5 月 12 日
我知道
父亲分不清云南和四川
但在他的眼里
只要我平安
天下就是太平的

辩　护

童年的乡野、广袤的夜空与
无遮拦的大地
要为云辩护为风辩护
面对无时不在的饥饿
还要为贫困
辩护

穿越城市宽敞的大道
要为乡下泥泞的小路辩护
在命运的曲曲折折里屡挫屡战
必须学会为可怜的自尊
辩护

偶尔有恨袭扰心头
要为爱辩护
与蝇营狗苟和小肚鸡肠擦肩
还要为胸怀与胸襟
辩护

讨厌这个世界的混杂
就要为简单而直接的抒写辩护

而对着满目欺世盗名的黑
就不能不为破釜沉舟的白
辩护

只有在真理面前
我会放弃为谬误辩护
就像面对即将到来的末日审判
我绝不会为今天
辩护

父 爱

女儿越来越大
老爸越来越老

面对这满世界的流氓
有没有哪家整形医院
可以把我这副老骨头
整成钢的

——哪怕就一只拳头

肥 料

我在院子里

栽种了 23 棵乔木

和数不清的灌木

樱花、玉兰、石榴、水蜜桃

缅桂、紫荆、樱桃、蓝花楹

她们开花的声音

基本可以覆盖四季

每天我都会绕着她们

转上一圈两圈儿

然后想着有一天

自己究竟要做她们当中

哪一棵的肥料

我的微信生活

我要买 10 部手机
再注册 10 个微信号
然后建一个群
失眠的时候
好让自己和另外的一些自己
说话

清明节少小离家的我
不知到哪儿去烧纸
就把祖父和祖母、外公和外婆
一起接到群里……

现在我只爱一些简单的事物

从前　我的爱复杂动荡
现在我只爱一些简单的事物
一只其貌不扬的小狗
或一朵深夜里突然绽放的小花儿
就已能带给我足够的惊喜
从前的我常常因爱而愤怒
现在　我的肝火已被雨水带入潮湿的土地

至于足球和诗歌　今后依然会是我的挚爱
但已没有什么　可以再大过我的生命
为了这份宁静　我已准备了半个世纪
就这样爱着　度过余生

为一株盛开的三角梅

为一株盛开的三角梅
枯等了卖花人 40 分钟
然后跟着送花的手推车
一路与街坊打着招呼
穿过熙熙攘攘的半个古城
再加上移栽　浇水和施肥
整个过程　耗光了我的一个下午
这可能是我来日的几万分之一
如果天有不测　可能所占比例更多
但这个过程　仍比这首诗重要
至少也比写这首诗重要

荒　废

四十年前我在这个国家的北边
种下过一大片杨树
如今她们茂密得我已爬不上去
问村里的大人或孩子
已没有人能记得当年
那个种树的少年

四十岁的树木已无声地参天
我也走过轰轰烈烈的青春和壮年
写下的诗赚过的钱和浪得的虚名
恐怕没有哪一样再过四十年
依然能像小时候种下的树一样
可以替我再活百年甚至千年

于是四十年后
我决定躲到这个国家的南边儿
继续种树
一棵一棵地种各种各样的树
现在她们有的早已高过屋顶
有时坐在湿润的土地上
想想自己的一生

能够从树开始再到树结束

中间荒废的那些岁月

也就无所谓了

即便是跳楼　也要自己盖

时间高高在上
一层又一层
石头的分量已经足够
被磨损的事物
会渐渐露出　光秃秃的本质
唯有改变不可改变
想要看一看风景以外的东西
也不用再麻烦这个世界了
即便是跳楼　也要自己盖

"写于斯德哥尔摩"

去瑞典写首诗
是件重要的事儿
写不出来没关系
那就回来写
不管在哪儿写
都"写于斯德哥尔摩"

已没有路了

仿佛这世界　就只剩下雪了
尤其这雪夜　风雪路上
唯有雪的反光
已没有路了
连时间的缝隙　都被冰封了
人只能在末日间行走
这窄窄的　这白渗渗的
早已让人在恐惧中　忘了恐惧

我　们

这些年我们絮絮叨叨地写诗
拼尽一生　连一张纸都没写满
那些残酷的爱情　那些现实
如今　唯有想象浪漫的死亡
这成了我们　唯一的权利

想想被 X 光一遍遍射伤的五脏六腑吧
曾经经历的屈辱也许正是将要遭受的屈辱
不仅仅是践踏　连根都在随风摇摆
我们找谁去算命　又如何把一块块剩下的骨头
当上上签

好在我们自己的骨头还完好无损
但无论到了哪朝哪代
山脚下发现一堆大大小小的骨头
能说明什么

没有人会关心我们是谁
尤其是我说的我们
仅仅是一个前朝诗人
和他的一条爱犬

铁　证

1963 年 10 月 27 日
是我的生日
但一张被村干部后来随意填写的身份证
硬生生改变了我的属相

这真是生命中百口莫辩的一处硬伤
我不想年轻一岁　更不需要晚退休一年
我只想活得来路清楚
做一只真实的兔子
而不是一条虚妄的龙

相信许多现在还不想说清楚的事儿
总有一天会真相大白
唯有我的年龄　那些曾用过的护照保险单病历本
以及学生证工作证驾驶证死亡证
所有的伪证
都将成为"铁证"

回　家

没做过父母的人　惶惶不可终日
年复一年地在路上——回家的路
而所谓的回家　就是不停地
来来回回　这符合一个孩子的天性

血浓于水却无话可说
这恐怕是父母和孩子们都老了的缘故吧
清明的细雨中　我看见年近八旬的父亲
仍和我一样　佝偻着
跪在祖父的坟前磕头
再想想自己　最终也要和烟波浩渺的往事一起
安卧在这一撮黑土里
这就是我的家　我的每一个家人的家
世上所有人的家

忽然夜半醒来　被独坐床前的母亲
吓了一跳　母亲的眼神
犹如五十年前　看自己怀抱里的婴儿
这一刻我暗自庆幸　到了这把岁数
父母依然健在　自己仍是一个
来路清楚的人

秋天的冷

秋天的冷　是骨头里的冷
尤其是一个又一个坏消息
还夹杂在冷风里

一个名字叫冰的朋友　竟然也扛不住
这秋天的冷
此时　朋友们的友情再暖
也化不开　他遍布体内的
癌细胞了

我轻轻地关门
但忧伤还是从门缝里涌出
这一刻我无法预知　拔出的钥匙
还有没有机会
再次打开自己的家门

白头到老

白头到老　仿佛话音还没落下
我们的头发
就白了

当初这样说时
谁会想到
老了　我们却只能和各自的白发
相依为命

词语的魅力

朋友发来短信　简单的四个字
秋高气爽
我就知道　她的内心
发生了什么

秋高气爽　这是一个怎样的季节
所有的农作物　都在
伺机暴动　收割机没有履带
一样可以把稻穗碾碎
多少个日子　多少万物挣扎着
都抵不上这一个词的分量

去年的窗前

逆光中的稻穗　她们
弯腰的姿态提醒我
此情此景不是往日重现
我　还一直坐在
去年的窗前

坐在去年的窗前　看过往的车辆
行驶在今年的秋天
我伸出一只手去　想摸一摸
被虚度的光阴
这时　电话响起
我的手　并没有触到时间
只是从去年伸过来
接了一个今年的电话

形同虚设

我的人生看上去风和日丽
就如同我卧室里的床
气度不凡

但十几年了
我却一直睡在沙发上

雪的谬论

这么久了　人们一直漠视
有关雪的许多谬论
现在　该我说了

在北方　雪其实是灰色的
与纯洁无关
尤其在城市　雪就是一种自然污染
它们习惯与灰尘纠缠在一起
腐烂成泥水　再腐烂城市的
每一条大街
每一个角落

如此简单的一个事实
却长久地不被人们正视
这到底是因为真理懒惰
还是谬论都披着美丽的外衣?

雪的虚伪

雪是虚伪的它甚至不是一种
独立的物质
它必须依附于冷空气
因此助纣为虐是它的本性

雪的虚伪不仅仅是因为它
总是把自己伪装成很轻柔
很纯洁的样子
在北方有时它也会和雨一起
从天而降这时的雪是虚张声势的
它甚至还来不及落到地上就化了
这就是雪的本性
遇到水它会变成水
遇到冰它会凝成冰
在北方寒冷的冬天
它甚至比寒冷更寒冷

除了溶于水雪最大的天敌
是灿烂的阳光
虽然积雪也会羁绊春天的脚步
但春日的暖阳终会让虚伪的雪
无处遁形

雪的残暴

关于雪的伪纯洁问题
我早已说过
现在我要说说雪的残暴了

在北方寒冷的故乡
雪不只下在冬天
更多的时候　雪
还会在深秋或初春造孽

此时的雪　在城市
它们会与灰尘同流合污
泥泞我们的生活
在乡村　它们会阻绝一切春芽的诞生
或在瑟瑟的秋风中　让苟延残喘的植物窒息
其目的之卑鄙　手段之残忍
令人发指

还有寒冷　会自然地让人心降温
在城市　公共汽车站牌下
会有更多的手　将别人推开
在乡村　惊慌失措的人们

都躲进了屋里　没有人注意
深夜里分娩的一头母猪
正对着 11 只被冻死的崽崽哭泣

一直以来　我如此固执地揭露
雪的肮脏与残暴
其实就是想让人们明白
真相有时越是简单
还原越不容易

幸福是一种子虚乌有

那些买彩票的人
还不知道幸运之神的驾临
甚至远比灾祸的从天而降
概率更低

我们穷其一生　与其说
是为了追求幸福
还不如说　是一直在躲避
大祸临头

悲伤笼罩大地

没有人　可以从这个斜光残照的黄昏里
走出来了

仅有的一滴泪水
已被太阳的余温蒸发
悲伤　正笼罩着整个大地

越来越重的黑　挤压着无尽的人流
一些无法辨别的声音传来
我只有悲伤地注视
脆弱的生命　和比生命
更脆弱的心

在这谎言如墨的世界　有谁
还肯为一时或一世的清白招魂
当悲伤笼罩着大地
又有谁　能在这面无血色的记忆里
绝处逢生

小城之恋

我初恋的四个女孩儿
都与这座小城有关

她们都只比我小一岁　却分别在
16 岁
17 岁
18 岁
19 岁
爱上我
她们是伙伴　且个个面容姣好
我想　那一定与家乡的那条大江有关

现在　她们当中有三个和我一样
早已离开小城多年
一个远在异国他乡　直到今天
还是我很亲很近的朋友
另两个据说各居中国南北
但与我行同陌路　几十年杳无音信

唯一一个还留在小城的
却已注定要永远留在这片土地上了

今年春节　一个后来一直跟她要好的同学告诉我
她　在去年
死了

死了　怎么可以这么轻描淡写！
这个消息　让我难过得整夜整夜无法入睡
几十年来　她鲜活的生命
怎么就从未划过我的记忆？
而让我更难过的　却是在她香消玉殒之后
我也许仅仅只能用这一个夜晚
来想念她

熄　灭

一盏灯　从我的身后
照耀经年
我总是抱怨她的光亮
经常让我　无所适从
无处遁形

现在　她在我的身后
熄灭了　缓缓地熄灭
突然的黑　一下子将我抓紧
我惊惧地张大嘴巴
却发不出声

谁说成语不可以入诗

比如掩人耳目
比如掩耳盗铃

比如本想掩人耳目
比如结果却成了
掩耳盗铃

生日如何快乐

生你的人
已经不在人世

生日如果快乐
还有人性吗?

天问(九)

从什么时候开始
原本这坚实的土地
和比这土地更坚实的
钢筋混凝土的马路

也让我们有了
一脚踏空的恐惧

生活已足够悲苦

我承认自己脆弱
所以怕极了朋友圈
传出的各种噩耗

生活已足够悲苦
谁都会有那么一天

所以轮到我时　恳请
我至亲至爱的朋友们
不发讣告
不悼念
也不回忆

那我也知道
你们是爱我的！

何况　平时大家就很少见面
谁也不说死了
就等于活着
这样多好

停,我先问问你这是为什么

停,先不要急于跟我说
新年快乐
我想先问问你
去年还满园都姹紫嫣红的
紫荆、杜鹃、茶花、玉兰……
今年都喑哑
这到底是为什么

我这大半生

我这大半生　似乎只做了两件事
写诗　却不愿当诗人
这样　就算李白抱着半坛老酒
踏歌而来　我也可以气定神闲地说
不喝

当然我也经商　但不是为了谋生
所以　虽然做了几十年的乙方
但就算马斯克敲门
我也可以避而不见
至少　你要先喊声老师
我才会起身开门

世界　请再等等我

巨大的生理疾患
必然带来更强量级的心理病魔
所以很多人的心
死在了他们的身体之前
只是你没有看到

所以我知道
在我被上天眷顾死里逃生之后
自己还有一段　多么艰难的心理重生之路要走

世界　请再等等我——

悲欣交集

快乐有多正面
悲伤就有多负面

但在我的内心深处
唯有悲剧产生过
留得下的美感
而喜剧
则一直是用来审丑的

老天绝不会再给你第二次机会

自从生病之后
总感觉自己时日不多
于是舍不得睡觉
并越来越迷恋黑夜
更怕临死时最喜欢的香烟
还没抽够
所以　就像一个最任性的孩子
恣肆妄为

好在我善良的天性依然
这期间我有原则地帮助过好人
也无原则地原宥过坏人
但我却忘了　老天在九个月前
之所以又给了我一次　重生的机会
是想让我也学会
如何爱自己

所以从明天起
好好吃饭　好好睡觉
我有一所房子　不仅面朝洱海春暖花开
而且还背靠苍山冬暖夏凉

这是天赐　而我何德何能
所以我还必须要学会
真正的感恩
顺天意　对自己好一点
再好一点
这才是对来之不易的第二次生命
最起码的尊重

最最重要的是
从此自己必须清楚
老天绝不会再给你
第二次机会了

最后的好时光

这个冬天　一直下着模棱两可的雪
你说　心情糟糕透顶
我说：不！
日子一定要慢慢过　越慢越好

因为你现在能看见的所有东西
都将成为最后的好东西
你此刻所经历的每一分每一秒
都将成为最后的好时光

月亮总不该有恨吧

2017 年的 7 月
有不该死去的人死去
就连我的母亲　也被送进了 ICU
所以我写了一首《恨七月》

其实我后来更应该写恨八月
因为那一年八月的一开始
母亲就永远地离开了我
而上一年的八月底
我还被确诊为
——恶性肿瘤患者

这样说来
我还应该恨九月
去年的九月
我就写过一首《九月》
历数历史上九月的每一天　都有大事儿发生
其中 2016 年的 9 月 12 日
我还曾为了苟且偷生
在上海的一家医院被麻醉　并开膛破腹

我原本是一个时间的崇拜者
总以为时间会去伪存真
但当你每天都只能看着无辜者
接二连三地死去
我这颗无恨的心上　也开始开出了恨的花朵

就算我——不能
有恨!
月亮总不该有恨吧
为什么也会何事长向
别时圆

身体纪律

身体疗愈师　不停地提醒我
大口吸气　呼气时张嘴
要发出声音

可我就是突破不了
多年来养成的身体纪律
习惯了不乱说乱动
不仅已无法呼气时张嘴　并发出声音
整个疗愈过程　不管疗愈师怎么引导
我自始至终都只能
屏住呼吸　咬紧牙关

六十感怀

六十岁　摘掉了三十多年的近视镜
傍晚散步时
看着眼前的这些模模糊糊的树和路
这哪怕再年轻个三五岁
也一定会疯掉吧

但现在　好像一切都无所谓了
只要走路时能躲得开汽车
其他的一切　以及一切的一切
看得清楚　看不清楚又何妨

有时我甚至在想
我现在看到的人和物
也许才是他们
本来的样子吧

在当下

出于对母语的敬畏
这一刻
我已经很难写出
哪怕是一行诗

但我依然梦想
把走过的每一小片土地
都能踩出
些许的诗意

致女儿(三)

给你什么
我都是欠你的
唯因你
叫了我这么多年的
爸爸

不是财富
更不是声名
而是你的这一声声
爸爸
让我完成了
一生

致女儿（五）

父亲爱你　不仅仅是在你小时候
不想走路了
我就背着你

父亲爱你　也不仅仅是你长大了
想干什么
我都默默地陪着你

父亲爱你　甚至不仅仅是
要把自己一生的财富　声名和见识
都碾碎　做一副人生的盔甲给你
让你在将来面对一切可能的诱惑时
身心里会自然而然地
生出一种
天然的免疫力

当然　　父亲爱你
最最重要的还是要把自己
所有爱的能量都毫无保留地给你
我相信一个在绝对丰沛的爱中
长大的孩子

就算在我死后
也再不会有什么人
能以爱的名义
欺骗你　或伤害你

致女儿（六）

从不管我要去哪儿应酬
都只能牵着你
到今天你跟我说
老爸　晚饭我有约了

从每次出去旅行
连水瓶都要我给你拿在手上
到今天的两个行李箱
你可以提最重的那个

还记得那一年
由于错订了你夏令营的机票
在卢森堡机场
你必须在地勤阿姨的陪护下
安检，出关，登机
彻夜难眠的爸爸
为了不让你害怕
与在阿姆斯特丹转机的你
一刻不停地在电话里聊天
到今天　你终于可以一个人
天南地北

飞来飞去

我知道每个做过父母的人
都会觉得
你说的这些
不就是一个孩子的成长吗
但我是一个不知道自己
究竟是怎么长大的人
只有这个女儿　让我在自己
日渐垂老的日子里
感受到了成长的点点滴滴
我想不出　在这风雨苍茫的一生
还有什么
能比这份见证
更让我欣喜
也更珍贵

致女儿（十二）

孩子　当年还小的时候
爸爸对你的絮叨和牵挂
你还可以看得见

可是也许有一天
等你真正地长大了
你对爸爸怎样的思念
我都可能感受不到了

就像今天你的祖母
并不知道我此刻对她的
那份
深深的　深深的
怀念

致女儿(十三)

有句话
说给谁
都是假的

除了女儿

这个世界
没有谁
能像我这样
爱你

致女儿（十六）

当然我说的
不是你八岁那一年
因为那一年的夏天
我是带着你
在东北老家的院子里
一直和七八条狗戏耍
自称樱桃小丸子的你
还给其中的一条
萨摩耶的幼崽
取了一个
所有小女孩儿
都会喜欢的名字——
小王子
但其实我们最宠爱的
还是那条如今已十五岁的
叫太子的约克夏
后来我们还把它从黑龙江
带到了大理
直到今年暑假
你从马耳他回家陪老爸
临走时还用毛笔

写了一张大大的字条——
少抽烟
勤喂太子

是的我想说的
并不是这些
而是你九岁
十岁
甚至十一岁的时候
那时你和大你一岁的堂姐
住在一个
可以看星星的房间
但每天晚上
你都要老爸
陪在你的床边入睡
有好多次
我听见你不再说话
呼吸均匀
我以为你睡着了
便蹑手蹑脚
准备回自己的房间
可每次我刚一轻轻转动
你的门把手
就会突然听到
你的一声大喊：

老爸!

而事实上
我真正想说的
依然不是这些
我想说的是时间
2012
2013
2014
乃至 2015
那个我可以演刘麻子
你演小太监的
美好的时代
都已被忽而向前
忽而向后的
历史车轮
碾碎了
我们再也
回不去了——

洱海上升起的那轮明月明天到达波士顿

上午 11：35 分
窗外阳光明媚
女儿在波士顿的月光里
发来视频
跟我说：
老爸　中秋节快乐！

这是我劫后余生的
第五个中秋节
是女儿在海外的
第三个中秋节

我知道今晚
当一轮明月
高挂我头顶的时候
女儿会在波士顿的暖阳中
醒来
而我将再次
彻夜不眠地守候

我要目送从洱海上

升起的那轮明月
慢慢西移
越过苍山之巅
越过太平洋
越过美利坚的西海岸
直到波士顿的上空

我不知道明晚的波士顿
会不会多出一轮明月
但我相信一定会有一轮
带着我的牵挂和祝福
照在女儿
美丽的脸上

所以最怕你们长大

作为父亲
也许我们能做的
只能是在你们牙牙学语时
给你们营造一个
方寸的自由空间
那块飘着白云的蓝天和
开着花朵的大地
也分明是为你们借来的

所以最怕你们长大

是的,作为父亲
我可以给你们无尽的爱
哪怕有一天为你们粉身碎骨
但终归有一天
深陷丛林的你们
会发现童年时那些自由的
白云和花朵
都是假的
而你们的父亲
纵使在情急之下长出三头六臂

也只能眼睁睁地看着你们
一天天地
被吞噬

所以最怕你们长大

在大理

2010年
我结束了在北京和东北
松嫩平原上一个叫恰博奇的小村子
四年的辗转之后
带着据说是中国最好的
村办诗刊和诗歌节
来到大理

来大理之前
尤其在北京的那些日子
我已自闭到
和住家服务的阿姨
也只能靠互留纸条交流
所以在大理最初的三年
我几乎只认识一个叫阿德的朋友
只去一家叫海豚阿德的书店
(而我最早认识的从不写诗的阿德
前几天扔下一首《大理遗落物清单》
离开了大理)

后来　定居大理的朋友越来越多

我们也都一起爱上了这里的
天空与云
以至于后来我还动了
脱汉入白之念

但认识更多的人
或更多的人知道你
对于自己和认识的人
都是一件很麻烦很麻烦很麻烦
很麻烦的事
而我原本就是一个
极度怕麻烦
怕麻烦自己
更怕麻烦别人的人

所以　后来这些年
我只认识一个新朋友
他可能叫尚艺
因为他在距我家 1000 米不到的
绿玉菜市场旁
开了一家叫尚艺的理发店
很多年里
那都是我去得最多的地方
风雨无阻每月四次

而这个可能叫尚艺的小伙子
是我眼里全世界最好的理发师
因为我们可以默契到
我们从来没说过一句话
他就能每次把我的头发
理成我想要的样子

读旧照片·此世苟难全

那应该是 1978 年
如果没有改革开放
村里就不会有摄影师来
我也就不会留下
15 岁时的样子

那肯定是 1982 年
拍高中毕业照时
高考还没开始
但你的样子
就像是已经有一所大学
正等着改变你的命运

1985 年，大三
我第一次去北京
你就看那身打扮
一身廉价的西装还
打着领带
一个牛逼和敢于牛逼的时代
就是因为人人兜里
都揣着的只是

希望和理想

但我似乎比你们幻灭得
都早
此后的31年
仿佛只是和BEYOND
在卡拉OK唱了一首
《光辉岁月》
就到了2016年

这一年的春天
母亲被查出癌症
秋天还没过
我也和母亲一样
独自去上海做了手术

这就好像我跟妈妈说
别怕,我陪着你
但妈妈肯定最怕我这样想
所以转过年之后
她就一个人去了天堂

我知道她生前最后的愿望
就是为了能够以曾生养我的
血肉之躯

再在我和死亡之间
筑一道墙

这是我一生中最困苦的五年
虽说不上是苟延残喘
至少也是苟全性命于乱世
幸运的是我活下来了
但不幸的是
我还得活下去

所以每到夜静更深
当我想起这些年的自己
实际上是一直朝着1982年
和1985年的理想
背道而驰的方向
越陷越深
就会想起那句先贤词——

此世苟难全

理　想

10 岁前就想进县城当工人
可以去粮店买粮　还可以不挨饿

18 岁前后想出名
让很多人和更多的人知道我

对了　这期间偶尔还会想一想
(有时候会很想)
遇到一个前无古人的漂亮女孩
然后跟她谈恋爱
(后来才知道其实前有没有古人无所谓
后有没有来者更重要)

特别想挣钱的那年我 23 岁
大学刚毕业　女朋友爱吃鱼香肉丝
那时的天很冷　也不爱挤公共汽车
于是辞公职　南下深圳
但大约有六七年的时间
不知道干什么

后来浑浑噩噩南辕北辙几十年

直到 2016 年一场大病
觉得活着很重要
而且能多活一天是一天
最近才慢慢想开了
一了百了也圆满

现在　痴迷于生物多样性
梦想有一天也可以一觉醒来
屁股上多出一条尾巴
但一闪念过后
还是想快一点逃离
当下的生活
带着一群猫猫狗狗回出生地

那是中国北部的一个
不为人知的小村庄
我有一所房子
背靠我的小学　中学
面朝一片稻田
我不想在那里春暖花开
我只想用春种秋收的方式
一个人重新办一两本
中国最牛的诗刊

老年写作

半梦半醒之间
脑写了一首
感觉很不错的诗
为了让节奏更舒服
空间也空大
我甚至还删去
其中的两行

睁开眼　几只猫
闯入了我的视线
于是给它们拍了几张照片
洗漱前　等我想再记下这首诗
但脑海里
不仅半个句子都没剩
连要表达的究竟是什么
都忘得一干二净

不 同

你们养猫和狗
我养孔雀
你们养猫和狗
我养狐狸
你们养猫和狗
我养一群猫和狗

其实　我和你们最大的不同
是有时　我还能真的做回
一个孩子

车过海安

二十世纪八十年代
我因为一个少年诗友
知道海安
那时的海安在我的想象里
就是一个绿色或蓝色的邮筒
那个写诗的少年把信寄到哪儿
海安就跟着到哪儿了

四十年后　我第一次途经
老友的故乡
虽然只有两分钟
我还是给老友回了一封
写了四十年的信
——此刻　车停海安
四十年前我因为你知道这个地方
四十年后终于到达这里
但我能想起的　还是只有你
四十年的海安没有变

尽管每多打一个字
我就会少吸一口烟

但我还是想说　小海
事实上在我心里
这世上哪有什么海安
有的　只是四十年前海安中学的
那个涂海燕

重 叠

窗前花槽里的一组虎头兰
死了
我重新翻土
在里面栽上茄子

这一切不值一提——
而让我记录这一幕的
是我第一次看见
我和父亲重叠了

患得患失与悲从中来

出来半个月突然想
录一段自己的视频发回家
用大屏幕放给毛孩子们看

视频发出后又担心毛孩子们
没有那么想我
放视频时还要一个个
抓它们来看

转念平时在家跟它们聊天
倒是听得认真　还时有互动
也就安心了

但等真的看到它们聚在一起
收看自己的视频时又突然
悲从中来——
这分明就是自己
告别仪式的预演

不 安

被设定的沉默　整整一个月
让一些朋友和亲人感到不安
商业上曾经的伙伴
朋友的前妻
40年前的高中女同学
以及远在西安　西宁等地的诗友
通常都是善意的试探
你还好吧
只有远在异国他乡的女儿最直接
老爸：你没出什么事吧！

父亲的手艺

小时候我愿意把村里所有
田野里或草地上的马
赶到村路上　哪怕那路泥泞
也能听到吧嗒吧嗒的马蹄声
那时我就会很自豪
那马掌是做铁匠的父亲
亲手打出来的
也是父亲亲手挂到
马蹄上去的

后来我也愿意到熟悉
或不熟悉的邻居家串门儿
不是为了看人
而是看那些炕柜　也叫炕琴
五斗橱
以及吃饭的炕桌
它们无一不是做木匠的父亲
亲手做的

当然　我最自豪的还是看
一直与世无争面目慈祥的父亲

所经历过的那些"庄严"时刻——
看他亲手在自己
为死去的乡邻
打造的棺材上
为那颗长长的钉子
落上最后一锤后
在一片像群鸟
突然惊飞的哭声中
走向准备发丧人家的灶房

对　父亲不仅是一个好铁匠
一个好木匠
一个全村人都爱吃他做的豆腐的
好豆腐匠
还是一个在柴米油盐
都是奢侈品的年代
能做出8个、12个
甚至16个乡村菜的乡村厨师
我从七八岁到十五六岁的那些年
不论是村里谁家死人了
还是谁家娶媳妇了
我都要跟在父亲的身后
去吃一顿可以管三天的
饱饭

乡村婚姻状况调查

也许是因为父母本身
就是始于媒妁之言
终于白头到老的缘故吧
母亲从 17 岁生下我之后直到
73 岁离世
一直是乡邻们有口皆碑的
乡村媒人

由于母亲的眼光准
后来村里有些已经自由恋爱了的青年
为了婚后生活的稳定
也要佯装让母亲
再重新"介绍"一次

后来我还做过一次
乡村婚姻状况调查
目标群体都是十里八村
经过母亲撮合而成的家庭
他们有的已经和父母岁数一般大了
有的和我年龄相仿
当然更多的是比我年轻的

或年轻很多的
虽然调查的远不是全部
但在我了解的十几个家庭中
确实离婚率为零
而生育率为百分之百

失传的手艺

母亲生前
有一门被乡邻们笃信了
四十五年的手艺
——接生
后来我无数次劝阻母亲
你年龄越来越大
眼神不济　手脚也不灵便
风险太不可控
还是动员他们送医院吧
可是母亲直到离世
依然还会拿着一把剪刀
一卷药布
就被乡邻们接走

现在　母亲已离开我们多年
想想家族曾掌握的很多门乡村手艺
接生　说媒　木匠　铁匠　做豆腐　厨艺
当然还有炉火纯青的耕种
现在都已基本失传
而我今天想起母亲
是此刻我也需要她的那门古老手艺

——接生
只不过我不是给人
而是给我待产的猫狗

日子怕算

父亲 72 岁生日那天
我突然想
就这样逢年过节回家
每年陪他老人家一周
就算长寿的父亲活到一百岁
有生之年满打满算
我也就只能再陪他 196 天
那一刻我差点惊出一身冷汗
于是就地大兴土木
盖了一栋全家人都住得下的房子
就在那栋看得见稻田的房子里
我整整陪父母住了四年

今天早晨送女儿走时我说
整整四年你回家就待了四天
如果按这个频率
老爸再活 20 年活到 80 岁
和你在一起的日子也就 20 天
要珍惜啊
日子怕算

熏 陶

这只早晨开始睡觉
下午才起床的小狗
自从昨晚跟我吃了羊肉之后
半夜跟我抢烟抽
抢咖啡喝
抢瓜子嗑
还跟我抢安眠药吃

只有在我读诗的时候
它会异常安静
生怕发出一点声音
而每当我录完一首诗
回放的时候
它都会对着窗外
有节奏地发出
喔喔噢噢的声音

我想　这只有当我
完全学会它的语言后
才能明白它到底是在说
我读的诗好还是不好

抑或是它自己
也在读自己的诗

最后的赞美诗

天主看到了这片
美丽的山水
说：这里要有
可与自然和谐相处的人
守护
于是　有了白族

天主说　凡世间一切美好
都应该人类共有
所以这里的人要有胸怀
于是　苍山上的十九条溪水
一齐流向了洱海

这是第八天

牵着一只阿拉斯加回故乡

酝酿了整整一年的计划
就要启程了
我要牵着一只巨型阿拉斯加
步行回东北

曾被我诅咒过千万次的雪
原本就是阿拉斯加
和我的
故乡

3800公里很远吗
在路上　一个人和一条狗
究竟还会到多少人
多少狗
这一路　会有多少人
给我们食物和水
到时候你看看我
随身携带的笔记本
就知道了

一个人

和一条狗

在路上　走啊走

大多数时候

他们都是沉默的

偶尔也会

和擦肩而过的人

打个招呼

但没有人知道

在路上　一个人

和一条狗

他们是要趁着

第一场大雪落下的时候

赶回故乡

不 舍

这山
这水
这高大茂密的
樱桃树

这餐桌
这壁炉
这嬉笑怒骂相依为命的
几个朋友

这 4000 多个
模糊的早晨和清澈的黄昏呵
堆成了花园里
太子的那一小撮
白骨

幸好我还是个诗人

如果我不是个诗人
山水肯定是另外的样子

但也幸好我还是个诗人
博大精深的汉语
可以在黑夜里与我相互拥抱
也互为工具

偶尔　我用那些熊熊燃烧的爱恨之火
可以巧妙地烧制
一整首的诗
虽然大多数时候
烧制一个完整的句子都很难
那就在一个字一个字
甚至一个偏旁一个偏旁
一个部首一个部首上
下功夫

我会消失
但汉语不死
有些自己也来不及回头看的
后人会懂

问好高兴

你上次让李筠代的好
李筠见到我后给忘了

直到半年后她再来大理
才把你的好
又给带回来了

我该去种土豆

莫斯科大学艺术史教授
茨维塔耶夫
和鲁宾斯坦的学生
梅伊恩生了一个女儿
取名茨维塔耶娃

此后　这个在音乐和博物馆中
长大的孩子
写不写诗都不重要了

不再眺望

很少眺望远方了
毕竟已经不再
前路漫漫

反倒总是不由自主地
一步三回头
感叹
来日无多
感叹自己
再也无法弥补的
错过和
错

陪 伴

这两年　习惯了
带着猫猫狗狗去医院
它们在做各种检查时
小眼睛总是望着我
只要我用手轻抚它们的头
有时它们多难受多疼
也就不乱动乱叫了

有时我想
早已习惯了一个人去医院
复查身体的我
如果下次再躺进那个各种魔鬼
不断泣鸣的地狱——核磁共振仪
医院如果也允许这些猫猫狗狗
陪在身边
是不是我也就不会
再那么烦躁了

忘 我

我养了 24 只动物
用来对应 24 节气

其中　10 只狗还对应天干
12 只猫还对应地支

所以　它们对我的重要性
不言而喻

年初　12 只猫遭遇猫瘟
岁尾　一场猫传腹来袭
医生在确诊后的第一句话
都是问我：救不救

我每次都会在心里反问
这是什么话
你是让我斗胆破坏平衡吗

所以　两年里我不停地
带着这些猫猫狗狗
去宠物医院做 B 超 CT　生化检测

以及手术　打针　挂水
久而久之
竟也忘了自己
从前定期必去的医院

我是注定成不了大诗人的

写了四十多年
还没写过一首
百行以上的诗
幸好四十年来
我也没做一次
企图或妄图成
为大诗人的梦

我是个急性子
写起诗来就更急
往往只写到三五行
就觉得该把自己最想说的话
说出来了
这就像我做菜
大厨师都讲究火候
尤其肯花心思在各种佐料上
包括先放什么后放什么
都有很多说头
我是吃炖菜长大的
什么东西都习惯了一股脑
同样一道菜

大师傅可能从选料备料到出锅
要几个小时
做菜从不使用文火的我
可能就只需要十分钟

但我羡慕那些把菜做得
只说制作过程就能让人
流口水的大师
就像我羡慕那些
能把诗写成书的同道

最幸福的烟民

我是说我妈
她在临终前的一个半月
一直住在 CCU 病房
我跟医生说
既然你们已经束手无策
她老人家也无力回天
那在我妈最后的这段日子里
就把她病房的禁烟规定
取消吧
至少　我恳请你们进入病房的
所有医护人员
都睁一只眼闭一只眼吧

我想　我妈在最后的那段日子
当再好的药也只能暂时缓解她的
疼痛和窒息
一定是那种后来我
再也不敢多看一眼的
名字叫"荷花"的香烟
一直为她驱散着
对生离死别的恐惧

2017年8月1日
肺癌晚期的妈妈
被从 CCU 转入了 ICU
两天后　神态安详地
去了天堂

我们早晚有一天都会悄无声息地归于尘土

每次去医院开检查和化验单
为了省事
我都跟医生说
找到上一次的所有项目照开
就可以了
但每次医生都会说
查不到记录哦

今天从医院回来的路上
看到自己取片袋上的名字
才突然明白医生为什么找不到
我的原始记录
原来每次不同的医生
都要替我改不同的名字：
潘洗尘
潘先尘
潘洗尖
潘洗土
……

但我还是更喜欢今天这个医生

给我改的名字：潘土尘
我们早晚有一天
都要悄无声息地归于尘土
当然入土之前
还是要洗干净

化整为零的余生

整整一个甲子
从没在任何别的地方
像在大理山水间这样
一住就是十五个年头
即便是在18岁踏上求学之路前
也是分别住在
相隔18华里的两个村子

从这个春天开始
经过两年集训的几十只
猫猫狗狗
已首先开始陆陆续续地踏上
我余生的化整为零之路
最早出发的柴犬小黑
早已回到我的故乡
还有一部分
可能去浙江
也可能去四川
当然　还有一部分
将留在大理
尤其是十几年前我从乡下老家

带来的那只名叫太子的约克夏
已于四年前
就葬在了花园里
那棵高大的樱桃树下

我知道它们实际上是在了却
我初到大理时的心愿
"埋骨何须桑梓地
大理是归处"
"每天我都会绕着它们
转上一圈儿两圈儿
然后想着有一天
究竟要做它们当中
哪一棵的　肥料"

一生中总会有那么一个或几个人

在我们漫长的一生中
总会有那么一个或几个人
就像自己的影子
你从不在意它的存在
也不用为它做什么

但如果有一天
当他们真的就在你的世界
彻底消失
你会不会一想起他们
就悲痛欲绝

我自治抑郁和失眠的中医药方

很多很多年以前
我就自己找过
协和医院的著名心理医生
经过几个小时的心理辅导后
医生跟我说：潘老师
你比我还清醒

但是这些年以来
不论顺境逆境
就算创造了重生的奇迹
我也还是每天
整夜整夜无法入睡
不论我遍寻过多少名医
吃过多少中药西药

后来　我习惯了
凡是通宵不能睡就
起床去高铁站
不论去哪儿都行
只要一坐上高铁
看到自己像利箭一样

穿过高楼　隧道和田野
马上就可以安然入睡
且胃口大开

管你什么失眠
还是抑郁

父亲的彩礼

父亲的第二个女友
在离开河北来黑龙江之前
给父亲开出了一份
彩礼

一个金戒指
一条金项链
一件羊绒大衣
……

61年前
爸爸是用四斤棉花
一床棉被
娶走17岁的妈妈的
我跟弟弟说

这个阿姨要的所有东西
都一式两份
一份给她
一份烧给妈

我只是想重新选择语言

如果可能

我最想退出自己的年纪

肝火越盛

越容易身心疲惫

退出焦虑

退出现在

退出时大时小的胸襟

也退出可有可无的

出生月份

如果可能

我还梦想了 15 年

脱汉入白

脱掉思想

脱掉面子

脱掉大山一样

不死的外衣

只做一株山脚下的小草

然后在冬天自顾自地死亡

永不与春天

讨论复活的事

我知道这一生
至亲的人已无法选择
至爱的人
也不一定再遇到
朋友我已经一一数过
十一二个
我会在另一生继续找回
如果可能
我还想每天都能
留有遗憾地活着
虽然我也想
把所有写过的诗
重写一遍
对于我
重写就是重生
这样说其实你就该懂了
我只是想
重新选择语言

插秧日

天色已晚
这是松嫩平原
一年中仅有的几个
插秧日

一天的劳作结束后
我从插秧机上下来
走进被晚霞映照的
如彩色镜面一样的稻田中央

一起干活的人
都忙着回家
吃饭去了
今天我特意穿上这件
绿色的衣服
就是想趁天黑
混进刚被插进水田的
秧苗里
我原本就应该是它们的
兄弟姐妹
可现在任凭我怎么装扮

都更像一棵
巨大的稗子

我知道就算我真的
赖在田里永远不再离去
村邻们也不会把我
当稗子拔掉
但即便那些从飞机上
撒下的除草剂
好心地放过了我
时间一久　我自己也无颜
和身边充满活力的这些秧苗
并排而立

我想最后我也只能选择
自己羞愧地烂掉
做这些兄弟姐妹们
有机或无机的
肥料

那一年

那一年
我说　给我三年的时间
我要把自己变成一个
真正的诗人
后来　我不写了

那一年
我说　给我三年的时间
我要把"天问"变成一棵
常青树
后来　留下一片阴凉我走了

那一年
我说　给我三年的时间
我要把这里变成一个诗的重镇
很多诗友们奔赴而来
后来　我离开了

那一年　老天说
情深不寿
给你整整一辈子的时间

你也逃不过为情所伤
我说

深情可以续命

这一年

这一年　我满满的零能量
因为你们所说的正能量
对我来说遥不可及

而我的情绪位置
约等于或等于零
大概也就是心如死灰吧

清　明

为什么我们的先人
把如此澄澈的一个词语
给了今天
给了那些逝去的亲人

难道　真的是被我们称为
阴间的世界
更清明

而我想说的是
在这样一个特殊的日子里
是不是应该
有罪的谢罪
无罪的默哀

至暗时刻

如果黎明真的到来
我也会觉得
至暗时刻
总是短暂的

但很多时候
在历史的放大镜下
我们看到的
却是被黑暗埋葬的
整整一代人
或几代人

口　罩

很多年了
有一只口罩
我一直戴着它
吃饭时戴着
抽烟时戴着
甚至睡觉时也要戴着
有很多次
我都想看看它的样式
摸摸它的手感
还有它到底是
什么材质

直到今天
我在照镜子时
第一次看见了它
但我知道
它绝对不是
我戴了 N 多年的
那一只

天再冷也冻不死天意

天再冷
也冻不死天意

这是我撂给今年的话
明年我还会这么说

即便有一天
我也被冻死了
再也说不出口

那也是——
天意

一　生

整整一个甲子
遇到的好人
都尽可能成了朋友
大多不好不坏的
与我没有关系
而遇到的坏人
甚至很坏很坏的人
都忘了　忘了

60岁还不能大彻大悟
这辈子就白活了
年轻时曾发誓做一只
不归的候鸟
所以不停地从北到南
倦了　倦了

而半世追求的人生真谛
其实一捅就破——
只有盖在母亲身上的泥土
才能让自己这条死里逃生的老命
再次生根

已行过了无数的万里路
却怎么也读不过万卷书
算了　算了

这一生
风光过　也落寞过
够了　够了

潘洗尘创作年表

1983年　发表处女作。

1984年—1985年　陆续发表作品,获首届《绿风》奔马奖,出版诗集两部。

1986年—2006年　搁笔。

2007年至今　创办《读诗》《诗歌 EMS》周刊等;创办天问诗歌艺术节;陆续发表诗歌约800余首,出版诗集十余部,获《上海文学》奖、《十月》文学奖等各种奖项多次;母校哈尔滨师范大学图书馆设立专门阅览室,并将该馆第一排第一座设为潘洗尘专座。

图书在版编目（CIP）数据

我从未相信过钟表的指针 / 潘洗尘著. -- 武汉 : 长江文艺出版社, 2025. 4.

ISBN 978-7-5702-2730-3

Ⅰ. ①我… Ⅱ. ①潘… Ⅲ. ①诗集－中国－当代 Ⅳ. ①I227

中国版本图书馆 CIP 数据核字(2022)第 071811 号

我从未相信过钟表的指针
WO CONGWEI XIANGXINGUO ZHONGBIAO DE ZHIZHEN

责任编辑：王成晨　胡　璇	责任校对：程华清
封面设计：祁泽娟	责任印制：邱　莉　王光兴

出版： 长江出版传媒　长江文艺出版社
地址：武汉市雄楚大街 268 号　　　邮编：430070
发行：长江文艺出版社
http://www.cjlap.com
印刷：湖北新华印务有限公司

开本：880 毫米×1230 毫米　　1/32	印张：7.625
版次：2025 年 4 月第 1 版	2025 年 4 月第 1 次印刷
行数：4395 行	

定价：58.00 元

版权所有，盗版必究（举报电话：027—87679308　87679310）
（图书出现印装问题，本社负责调换）